ふたたびの春に

──震災ノート　20110311-20120311

和合亮一

祥伝社黄金文庫

貝殻を拾いに、十年の春を探して。
——文庫のための前書き

毎日、毎日、詩を書いた。

東日本大震災の直後から、詩の形で、被災地からの状況発信をした。ツイッターに書き込みをし続けた。

震災前はSNS上に横書きで書くことに戸惑いを覚えていて、そこにフレーズを書いたことは無かった。しかし震災後にダイレクトに発信できる方法として、私のみならずたくさんの方がそこに言葉を投げ込み始めた。同時並行だが、ノートには縦で別の詩行を書き続けていた。自分にとっての本来の書き方といおうか呼吸というものを、そうすることで確かめたかったのかもしれない。

書き終えると日付を入れることにした。いつか読み返した折に記録になり得るだろうと思ったからである。震災当時、ツイッターでの発信は三月十六日から三カ月間、毎晩行っていた。四月に入ると、ガソリンが手に入るようになって、いろいろな場所や避難所などへと出かけた。しっかりと現地取材をして、発信しなければと思ったのである。その折にもふと詩句が浮かぶとノートに急いで書いた。

しだいに「震災ノート」と自分で呼ぶようになった。

編集の方に、震災から一年という歳月を見つめた詩集をまとめてみませんかというお話を二〇一一年の初夏にいただいた折に、ふと思いついて、いつもカバンに入っているノートのことを話した。ぜひ、それを形にしましょうと言ってくれた。それからはどのような取材に出かけても縦書きで書きたくなるとためらわずにノートを開いた。しだいに二つの書き方が自分の中で生まれていった。

一つは取材先の生の現実と向き合い、自分の正直な物の見方や考え方を簡潔にしたためていく書き方である。本編の前半に収められている日付に沿った詩篇「震災ノート」がそれである。感じ取った目と心の記録をするようにした。もう一つは取材の際に出会った方々へ、特に被災して傷ついている人々へと手紙を書くようにして詩を綴るという書き方である。後半の「もう一つの震災ノート」がそれにあたる。

たくさんの方に会いに出かけた。言うなれば被災者である私が被災者を取材するという日々であった。そもそもインタビューなどは全くの素人である。例えば見ず知らずの方にお話を聞かせて下さいとアポイントメントを取って、避難所や家や仕事場など様々な現場へと出かけるということはそれまでは一度もしたことがなかった。猪突《ちょとつ》猛進《もうしん》の勢いだけであったと我ながら振り返る。

帰り道には、何かしら書き留めたいという衝動が起こった。胸を衝《つ》かれる思いがこみあげてくる。逆らわずにその場で白い帳面の頁《ページ》にペンを動かすことを心掛けた。書き記したいという一心のみがあった。

あの日から間もなく一〇年が経つ。インタビューの活動はその後もずっと続けてきた。今もその帰り道である。今回のこの詩集が文庫化されるという話をいただき、あれこれと当時のことを思い出しながら、真冬の土曜日の夕方の海辺へと立ち寄ってみた。本著の前半に収められている「波打ち際で貝殻が途方に暮れている／波に濡れたり　濡れなかったり」（「途方に暮れて」）のフレーズを記した砂浜であった。

相馬《そうま》の港を過ぎて、卸売市場から見渡せる広い砂浜。零下に近い空気の中に市場や火力発電所や、海を横切る船の明かりが見えて、一際澄み切って見える。津波の後は辺り一帯は大変な光景であった。人の力によって何事もなかったかのように整《い》えられている。日中はたくさんの人がここへと足を運んでいる様子である。凍てつく夜の帳《とばり》に人の気配はないのだが、一〇年というメモリアルの意味のある二〇二一年を迎えて、過ぎゆく歳月の寂しさをあらわにしているような感じを受けた。

風に震えながら、波打ち際を歩いている。

澄んだ空に月と星が見える。

あの津波にさらわれてから、夕方から夜にかけて、海から必死に這いあがった人々があった。救助された人もあればそうでなかった方もあった。

爆発した原発からほど近い海辺では、立入禁止区域の指定がいち早くなされてしまったために、救助隊などが助けに駆けつけることができないという事態になった。

取り残されたようになった人々は寒空の下で、水際の残酷さに耐えていたのだ。

海と夜空が恐しく目に映ったことだろう。

宇宙飛行士がある時に「宇宙の闇は絶対的な黒色をしていて、それを見ただけで死の恐怖を誰もが感じる」と語っていたのを読んだことがあるのだが、そのような色彩の絶対のようなものが、人々を襲ったのだろう。

月と星は皓皓《こうこう》と彼らを照らしたに違いない。

何という非情な夜だろう。

水際を歩いていて、不意に眩暈《めまい》を感じた。

極度に冷たい砂に導かれながら罰を与えられているような気持ちがした。

取材したある話が思い浮かんできた。

ここからほど近い海辺では、波にさらわれた方の捜索や救助が行われていた。二百名近くもいた町の消防団の人々は原発が爆発した直後に、なるべく遠くへと家族と共に避難していったために、わずかに残った消防団長の長澤初男さんら十数名の方々で行われたのであった。

浜辺に打ちあげられたご遺体を安置場に運ぼうとしている折に、大きな水たまりに浸かったまま、横たわっている女性を発見した。

あの日から一週間近くも経過しているし、もうお亡くなりになられていると思ったそうである。目の前の遺体の回収作業をしていると、とても小さく「助けて」という呟きが聞こえた。耳を疑ったが、か細くだがさらに声がした。

近寄ってみると息をしているのが分かった。すぐに病院へと担架に載せて搬送して手当をしてもらった。二週間ほどですっかりと元気になられたそうである。長澤さんは運んでいる時にこう感じたのだった。「命はそう簡単には消えない」。このフレーズをインタビュー中に耳にした時、言葉に明かりを感じた。

波の先が靴を濡らす。

暗くなっていて、もはや水際が正しく判明できない。

暗い海のその向こうも。絶対的な黒。

孤独とはこのような色合いなのかもしれない。

別の記憶もやって来た。三年前に、あの市場のすぐ隣の造船所から新しい船出があった。

津波の時、漁師の小野春雄さんは港に漁船を停めていた。沖合で漁をしていた弟の船から無線が入った。エンジンが故障してしまった、と。動力がなければ船は波間に簡単に横倒しになる。彼は急いで助けの船を向けようとしたが、津波の到来のほうが早かった。

建物でたとえると三階や四階ぐらいの高さの水の壁がすごい勢いで迫ってきたそうである。無線で「来たぞ」と皆で声を掛け合ったそうだ。どれほど恐ろしかったのだろう。

弟さんの最後の言葉は「駄目だ。津波が来た」だった。そのまま行方不明となった。やがて港の近くで遺体となり発見された。

三月十一日になるとここから眺められる沖の辺りに船を浮かべて、生前に好きだった食べ物などをお供えして、皆で手を合わせることにしている、と。

そして、かつての弟の船と同じ名前の漁船を新しく造ることにした。

津波から七年後の四月に完成して、進水式が行われた。インタビューを続けてきた私もお誘いを受けて、新しい船に乗せていただいた。

快晴。大漁旗を掲げた一艘は晴れがましかった。こんなふうに沖からこの浜辺を眺めたことは一度もなかったし、海の光をこんなに受けたこともなかった。

七度目の春は少し今までとは違った。


眩暈を感じた。

「ふたたびの春に」というタイトルの本書が刊行された時に、もう一年になるのかと思ったことを良く覚えている。

今はここで波と風を受けながら、もうじき十年になるのかという思いがする。それは思いを残して一瞬にして世を去った人々、そしてまだ発見されないまま無念にも海に眠っている方々も同じなのかもしれない。

足の少し先に小さな巻き貝の殻を見つけた。

凍てつくような海の冷たい貝殻。

固くて色鮮やかで、わずかな光と香気を放つようである。

小さいながらも入り組んだ形をしていて迷宮を想像させる。

暗闇の中で貝殻を手にのせて。

ここに時の回廊がある。
歳月と季節を、命と死のめぐりを、多くの方と分かち合いたいと願っている。

二〇二一年　一月七日未明の書斎にて

和合亮一《わごうりょういち》

目次

貝殻を拾いに、十年の春を探して。
――文庫のための前書き ……… 3

震災ノート ……… 15

こうしている (三月十三日 避難所の夜) ……… 16
僕たちはキッチンを (三月十四日 台所で) ……… 18
整列 (三月十五日 福島市にて) ……… 20
避難 (三月十五日 福島市にて) ……… 22
卒業 (三月十八日 失われてしまった息子の卒業式の朝に) ……… 24
入浴 (三月二十一日 福島市自宅にて) ……… 28
孤独 (三月三十日 書斎で) ……… 30
目が覚めたら (四月八日 床で) ……… 32
靴 (四月二十日 新地町にて) ……… 34

立入禁止（四月二十二日　飯舘村にて）……36
とてつもなく（五月六日　相馬の店で）……38
無言（六月十二日　本宮市にて）……40
声を立てず（八月十二日　福島の街で）……42
途方に暮れて（八月十八日　相馬にて）……44
生け捕りに（八月二十日　南相馬市　国道で）……46
新しい帳面に（九月三日　郡山にて）……48
腕時計（九月二十日　霊山にて）……50
町の決まり（九月二十三日　近所で）……52
原子力が（十月四日　深い夜）……54
米（十一月十六日　福島市大波にて）……56
新しい手帖（十一月二十日　仙台市にて）……58
サボテン（十一月二十七日　防護服を着用し、二〇キロ圏内　浪江町へ）……60
スクリーニング（十一月二十七日　防護服を着用し、二〇キロ圏内　浪江町へ）……62
駅（十一月二十七日　無人の浪江駅にて）……70
バッジ（十一月三十日　福島市にて）……72
誰も彼も急ぐのだ（十二月四日　南三陸にて投宿）……74

苦難（十二月十日　伊達市にて）……80
収束（十二月十六日　福島市にて）……82
線量計（十二月三十日　福島市にて）……84
息の途中（二〇一二年　一月十四日　福島市にて）……86
荒れ野に（一月十五日　福島市にて）……88
方法（一月二十五日　須賀川市へ）……90
レタス（一月三十一日　福島市岡島にて）……92
一つ一つ（二月三日　福島市にて）……94
知る（二月五日　小野町にて）……96
もう一つの震災ノート……99
あきらめない……100
震災……102
一日……104
回転……106

あなた……108
青空に……110
田園……112
おかえり……116
あたたまろうよ……118
かけがえのない夕食……122
家族……124
ロングパス……126
風に……128
おやすみなさい……132
約束……136
新年……140
離郷……142
握手……144

震災ノート　余白に

震災ノート　余白に……147

震災ノート

こうしている

こうしているあいだにも
死者が発見されている　寒いから上着をはおり
偏頭痛に手をやり
腕を組む

こうしているあいだにも　死者が発見されている
目を閉じて眠気に耐える
ミネラルウォーターのキャップを閉める
避難者と目配せする

死者の数が　一時間ごとに増えていく
僕らは避難所で　ジュータンの上に座り

呆然と漂流するしかない
靴をなぜだか並べ直す
腕時計を一分だけ遅くする
やはり　死者の数は増えていく

三月十三日　避難所の夜

僕たちはキッチンを

地震のあとで
僕たちはキッチンを片付けている
皿が割れて　思想のように　積み重なっている
一つずつ　つまみあげた

地震のあとで
僕たちはキッチンのガレキを見つめている
街が一つ　無くなってしまった
そんな知らせのあとで

いくつもの破片を拾い集めて
この茶碗も　このグラスも気に入っていたのに

この絵皿は　二度と手に入らないだろう
いくつもの破片を拾い集めて　かけらは
宇宙のもの　世界のもの　かつての
僕たちのもの　捨てられていくもの

三月十四日　台所で

整列

並ぶ　水の為に
並ぶ　家族の為に
並ぶ　震災の意味を求めて
並ぶ　命の渇きを知って

並ぶ　給水車の前に
並ぶ　水が今日の分だけでも欲しいから
並ぶ　空《から》の容器を二つまでという決まり
並ぶ　なるべく大きなものを持って

並ぶ　雪降る中で
並ぶ　冷たい水を受け取りに

並ぶ　親と子ども
並ぶ　これまでの歴史とこれからの未来
並ぶ　人類と人類の影
並ぶ　風と空と星
並ぶ　一番後ろから私は生まれて来た
並ぶ　一番前へといつかは進む

三月十五日　福島市にて

避難

一緒に　避難をしましょうと
電話があった　ずいぶんと
悩んだけれど　難しいと断った
切った後で　行かなくていいのか　悩んだ

また違う友だちから　電話が来た
もう部屋もいくつも借りたから
行こうよ　と強く誘われる
西のほうへ　さあ　早く

電話を切った　悩ましい
こんな時　また　携帯が鳴る

避難すべきなのか
余震だけが　平然と激しい

遠い街から　電話が来た
こちらは　何もなかったような街の様子だと　報告を受ける
いつでもおいで　待っているから
電話を切る　日本から日本へ

三月十五日　福島市にて

卒業

きみのまなざしは新しくなった
春には花と鳥を映して
夏には海と雲を求めて
強く　優しくなった

きみのまなざしは深くなった
秋には銀杏《いちょう》の樹を見上げて
冬には冷たい風の歌を耳にして
いろんなことを知った

この間まで　さ
大きなランドセルを背負って

先輩たちの後を追いかけていたのに
きみはある時に追い越したんだね
春夏秋冬の
ふとした一瞬に

まなざしは濃くなった
まなざしはまっすぐになった

きみたちは学んだ

ある朝に　命について
ある夏に　時間について
ある本で　世界について
あの丘で　友について

かけがえのない
「愛」について
このことの勉強には
卒業はないのだけれど

父もまた　あどけない
幼いきみの笑い顔から
いつか
卒業しなくてはいけないね

母もまた　あどけない
幼いきみの泣き顔から
いつか
卒業しなくてはいけないね

うれしいことも

さみしいことも
そのまま　うれしい
春のふとした今日というひとときに

きみのまなざしは一日を知った
きみのまなざしは宇宙を知った

きみはまた追い掛けるだろう
きみはまた追い越すのだろう

今日という一日を卒業するために
明日という季節を卒業するために

三月十八日
失われてしまった息子の卒業式の朝に

入浴

「みなさん　どうか落ち着いて
避難して下さい　山道の途中で
立ち往生している車が　たくさんあります
困っている方がたくさんいらっしゃいます」

何かが起きるかもしれない
ラジオを大音量で流したまま
水が出たので　私の十日振りの入浴は始まった
夢中で髪と体を洗い　湯に浸かることの嬉しさ
私の体の中に私の人影があったはずだ
それが消えているのだ

避難していくたくさんの人々と一緒に
それを体感している　もう少し温まるしかない
福島から人が離れていく
天井からの滴《しずく》を見つめたりした　たったいま
石鹼と泡が　手からこぼれ落ちてしまった
果たして　私の肉体はどこにあるのか

三月二十一日　福島市自宅にて

孤独

私の家にある椅子を部屋に集めた
話し合いをするためだ
討論は果てしない
いつまでも　終わらない

この街で暮らしていくということについて
ふるさとを守るということについて
正義ということについて
失われた命ということについて

ある者は激昂した
ある者は泣きじゃくった

ある者はポケットから写真を取りだした
ある者はひたすら　目を背けた

気がついた　私一人だ
椅子が倒れた
振り向いた
私が立ち上がったのだ

三月三十日　書斎で

目が覚めたら

眠りの途中で地鳴りがして
余震だと思い飛び起きて
服を着替えずに裸足で家族と駆けだして
いや　僕は眠っている

夜半に　避難命令が突然に下り　とにかく持てるものだけ
というので　息子の幼い時の写真だけ
車に飛び乗って大渋滞の国道へ
いや　僕は眠ったままだった

目が覚めたら
僕は誰になっているのだろう

昨日はモンゴルで　馬と一緒だった
明日はアムステルダムで　口笛を吹いている

目が覚めたら
僕はどうすればいいんだろう
僕はやはり僕でしかなかった
丸くなって眠っていた　まだ　眠っていよう

四月八日　床で

靴

眼を閉じてみると
まぶたに浮かぶのは
海辺の木とその影だ
眼を開くと

そこにあるのは
風と風の影だ
海の底に　時の底に
記憶の底に

もう一度
優しい

牡蠣《かき》を育てよう
沈黙がざわめく朝に

私たちは　海の底に沈む
片方の靴を想って
泣いているのだ　もう片方の靴を
地上で探しあぐねながら

四月二十日　新地《しんち》町にて

立入禁止

砂場立入禁止
草ムラ立入禁止
二〇キロ圏内立入禁止
私有地ニツキ立入禁止

ペンキ塗リ立テ立入禁止
放射線量未計測立入禁止
二〇ミリシーベルト判明立入禁止
三叉路ビル建設中立入禁止

只今一斉清掃中立入禁止
飯舘村コープマート敷地立入禁止

除染表土堆積中立入禁止
期末考査期間中職員室立入禁止

骨折治療中立入禁止
立入禁止区域検討中立入禁止
立入禁止指定解除検討中立入禁止
原発二〇キロ圏内ヨリ一寸先立入許可

四月二十二日　飯舘《いいたて》村にて

とてつもなく

コップに水を注ぎ　それをテーブルの上にとんと置く
揺れているその姿を見ていると　あの日　水が
なぜあんなにも　たくさんの命を奪ったのだろうか
とてつもなく　恐ろしくなる

輝いているコップを前にしていると
あの日　数多くのガラスの器が　割れてしまい
床に散らばったことが分かり
とてつもなく　ただ　思い出す

やがて　水は静かになって
表面は動かなくなった

とてつもなく
潮の匂いがしてきた

寄せては返す　波打ち際に
子どもの靴が片方だけ落ちていた
とてつもなく
目の前の水を眺めて　どうしようも無い

五月六日　相馬《そうま》の店で

無言

近所の皆で　一時帰宅すると
可愛がっていた犬が
玄関で首輪につながれたまま
死んでいた

彼は　そう言って
泣きじゃくった
それで
どうしたの　ですか

隣の家の人が
毛布をかけてくれた

あまりに　悲しくて　情けなくて
二人で　声をあげて泣いた

私は世界に絶望した
命のはかなさを分かった
庭に横たわる柴犬の不条理と
首輪の冷たさを想って何もかも嫌になった

六月十二日　本宮《もとみや》市にて

声を立てず

土を削る作業を眺めていた
大きな機械　たくさんの男たちだ
残暑　豪雨　強風　晴天
重機とその影

無数のマスクが　ポリ袋に入って
捨てられていた　たくさんの母たちだ
ゴミ捨て場に　累累《るいるい》と積みあがる
不安　安堵　焦燥　家族の影

目に浮かぶ　たくさんの男たちが
長い棒で　相馬の海の近くの水たまりで

誰かを探している　猛暑
まだ　見つからないのだ

目に浮かぶ　一人の母が
眠る子どもの顔を見て
声も立てずに　泣いている　涼しい風
生きるしかないのだ

八月十二日　福島の街で

途方に暮れて

波打ち際で貝殻が途方に暮れている
　波に濡れたり　濡れなかったり
　　何かが証明されていて
　　　何かが無視されていて

波打ち際の貝殻はとても美しい
　悲しくなったり　嬉しくなったり
　　何かを語りかけていて
　　　何かを沈黙していて

あなたが失った何か
　あなたが失わなかった何か

そのかけらがかろうじて
　波打ち際にあって

私が見つける何か
あなたが取り戻す何か　かけらが
失われた貝になって
波打ち際にあって

八月十八日　相馬にて

生け捕りに

国道の近くの空き地ではまだ
漁船が転覆したままだ
雨の降る日は時間に打たれたまま
晴れた日には陸地を乗り越えたまま

船は何を連れてきて傾かせているのか
波の光か　魚の群れか　沖の風か
ここでは事後が一艘の船体になって底を見せている
船尾には　何億ものマグロやサンマの影

一晩かけてじっくりと仕込んだ罠や
朝の空に広げた大きな網は

どこに行ってしまったか　私たちの心の中の何か
そこに捕らえられて　いるままなのに

海の底のどこか　かけがえのないものが
深く沈んでいる　アワビ漁と同じ方法で
それを拾い上げることは出来ないものか
それを生け捕りにすることは出来ないものか

八月二十日　南相馬市　国道で

新しい帳面に

新しい帳面を開いて
何を書こうか　考えている
書き始めると　この災いの何かが
変わるのなら　一心に

何を書いても　変わらない　だから
文字でもなく　記号でもなく
乱暴で　滅茶苦茶な線を　ただ書き殴る
怒りにまかせる　これが　情けない現実だ
新しい紙をめくるたびに　不条理と絶望が
増してくるけれど　ふと　気がつく

はるかな島の　遠い街で
涼しい風が吹いていること

頁をめくり　ひどい何かを書きつける
そうしていると　分かってくる
はるかな国の　かなたの草原の丘で
美しい凧が　悠悠と　あがっていること

九月三日　郡山にて

腕時計

地の震えのなかで
時の震えのなかで
その計り知れなさを知る
腕時計を一分だけ遅らせる

原子力の爆発のなかで
放射線の雨のなかで
その恐怖を知る　腕時計を
一時間も十時間も遅らせる

友や知人や　その家族が
波に流されてしまい

その無惨さを知る
腕時計をさらに遅らせる

三十年も　十万年も
放射線の影は
消えないらしい
腕時計が狂う

九月二十日　霊山《りようぜん》にて

町の決まり

草むしりをしていると地球の影が見えた
なるべく草と土に触らないようにする
むしる
触らないようにしてむしる

町内会の決まりだから　仕方がない
正しいか　正しくないか　よりも
町の決まり
昨年より　草が少ない気がする

半年も土に近づいたことが無かった
草削りの道具の手応えが懐かしい

雑談　予算が足りないから
除染は難しいとのこと

決まりだから草と向き合う
決まりだから土と向き合う
決まりではないが放射能と向き合う
冬が近づいて来ても草は生える

九月二十三日　近所で

原子力が

夜　眠ろうとすると
海が　体を小さくして　隣で眠っている
寝息をたてているから　安心しているけれど
突然に　押し寄せてくるものが　恐ろしくて眠れない

夜　眠ろうとすると
原子力が　体を丸くして　背中にくっつく
少しも眠ろうとしない　ずっとこっちを見ている　僕は
見つめ返す　どこにもいないことに　恐怖して

震災が　茶の間でさっき　あぐらをかいて
おかわりをしていた　これからが心配だ

みんなで悩んでいた時だ　僕は怒鳴った
　もう　帰ってくれ

夜が明けるまで　天井を見つめていた
これはいつも　僕たちの頭の上にあるもの
同時に　僕らをこっそりと　隠していくもの
蓋《ふた》をするもの　いったい　何から

十月四日　深い夜

米

米粒を嚙みながら想ったことがある
米の一つ一つに風と山と谷があること
季節の移り変わりがあること
自転車の疾走する影があること

米粒を味わって分かったことがある
飛行機雲がある日　ずっと伸びていったこと
無言の満月に豊作を祈ったこと　数匹のホタルが
軽やかに羽化をしてやがて　夏がゆっくりと終わったこと

大波地区　出荷前の米から今日
基準値を超えるセシウムが国内で初めて検出

それらの米はどうするのか
風と山と森と谷と季節と自転車の影は

すぐに出荷停止となった　だから
すぐに飛行機雲も停止となった
すぐに満月も停止となった
ホタルは記憶の中で光らずに消えた

十一月十六日　福島市大波にて

新しい手帖

開いてみると　潮騒の音がする
新しい手帖の香りを楽しんでいると
星の瞬《またた》きが増えたのが分かる
まだ書かれていない予定のぬくもりがある

さらにめくってみる　これまでの出来事が頁の間に
はさまれている　私の誕生の瞬間や　華やいだ祭の後や
真冬の空の静けさや　息子の入学式の朝も見える
静かに過去は消える　一番　会いたい人の顔が浮かぶ

閉じる　この何も書かれていない書物は
歓喜している　時の訪れに　そして少し

無表情にもなる　時間の莫大さに
時々飽きて　流し目もする

開く　何も書かれていないはずなのに
何も記されていない白いところを　読んでみると
私が　これからの私に読まれている気がする
恍惚としたり　悔しくなったり

十一月二十日　仙台市にて

サボテン

皮膚で　足の裏で
てのひらで　耳の奥で
つま先で　脇の下で
感じていること　このことがすべて

次なる皮膚　防護服のチャックを上げて
手首にテープ巻いて　空を見上げて
行方不明者の話をして　背中で　話の
途切れ目で　分かり合うこと　このことがすべて

浪江町へ　国道　斜めの電信柱
裏返った漁船　長椅子　川で跳ねる　鮭

雑草の生えた　田んぼ　新しい沼
飛行機雲　裏返った車　このことがすべて

誰も居ない町　交差点
犬の首輪　横倒れの自転車　実る柿
開け放しの家　枯れた蘭の花　サボテン
駅と無人と線路　風の影　このことがすべて

十一月二十七日　防護服を着用し、
二〇キロ圏内　浪江《なみえ》町へ

スクリーニング

二〇キロ圏内を歩く

防護服を着て　分かった
これはもう一つの
皮膚である　何があっても
何も感じないために

言葉が
防護服を着てしまった
何も
語らないために

心が
防護服を着てしまった
泣いても
分からないために

町は　森は　鳥は
防護服を着ていない
真実
もやはり着ていない

*

二〇キロ圏内を歩く
無人の国で
私たちは暮らしていた

急いで支度をして
浪江の駅へと　駆ける

いつまでたっても
電車は来ない
私と無人が　時計を見ながら
慌てている　いつになったら

さて　どこへ行けば良かったのか
無人の群衆と目配せする
約束の時刻は過ぎた
それは何時何分だったのか

レールが赤さびている
鳥が空を飛んでいる　向こうの家の
窓が開けっ放しのままだ

誰もいない

＊

二〇キロ圏内を歩く

静けさにも
音があることが分かった
「静けさ」という
音が

悲しみの先に
何があるのか分かった　あったのだ
「悲しみ」という
言葉が

無人の町にも
人がいることが分かった
「誰もいない」という
無人が

暮らしの中にも
生活があることが分かった
「誰もいない」という
暮らしが

*

二〇キロ圏内を歩く
請戸《うけど》の海
原子力発電所の高い煙突が見える　現場では

命がけで働いているのだろう　しかし　ここは
何という静けさだ

河口の中に　魚の影を見た
無人の国を私たちは　作ってしまった
季節の鮭が　上ってきている
命を押しとどめることは出来ないのだ

この浜辺一帯は　原発の爆発後　すぐに
避難指示が出た　波打ち際の　瀕死の方々の
救助すら　許されなかった
命を押しとどめることは出来ないのに

日々の喧噪の隣にあるのは
分かりきれない　静寂だ
恐ろしくて　計り知れない　静けさだ

耳を澄ますほど　何も聞こえない

＊

二〇キロ圏内から帰ってきた

スクリーニングをします
手のひらを　スクリーニング
手の甲を　スクリーニング
両手を上に　スクリーニング

両手を下に　スクリーニング
頭の上を　スクリーニング
後頭部を　スクリーニング
左の靴の底を　スクリーニング
右の靴の底を　スクリーニング

全身を　スクリーニング

宇宙とは何　スクリーニング
故郷とは何　スクリーニング
生きるとは何　スクリーニング
放射線とは何　スクリーニング
私たちにとって
かけがえのないものとは
何　数値は出ませんでした

十一月二十七日　防護服を着用し、
二〇キロ圏内　浪江町へ

駅

駅で　知らない人を見つめていて
とても　悲しくなるのです
あの人は　夜になると
さめざめと泣くのではないか

駅で　知らない人とすれ違うと
寂しくなる時があるのです
あの人とは　これから先
一度もすれ違うことはないのだろう

私たちは心にそれぞれ
線路を敷いている

誰もいないホームがある
風が通り抜けていく

私たちの心はそれぞれ
誰も乗っていない列車を待っている
激しい音で通り過ぎるのは　孤独だ
それでもそこに誰かの姿を探すのだ

十一月二十七日　無人の浪江駅にて

バッジ

今月の息子のガラスバッジの測定結果が出た
数値はゼロだった
私は体調が悪くて　帰宅してすぐに
布団に入っていて　目を閉じながら　妻から聞いた

息子が会話に参加してきた　私は目を閉じたまま
友だちはどうだったのかとたずねた
「あった人は少しあったよ」と言った
目を開けずに　そのまま眠ろうと思った

目を開くと　涼しい風が吹いている草原だ
私は野原に　たった一人だ

美しい色彩の季節の原野はなだらかに
山へと向かっている

そこを雲の影が横切った
すると虫取り網や可愛らしい帽子をかぶった
たくさんの子どもたちの影があった
そうだよな　悔しいよな　目が覚めた

十一月三十日　福島市にて

誰も彼も急ぐのだ

1

津波が来る
そんな想いを　人々は　どうしたのか
南三陸町に立ち
風を受ける
津波が来た
そんな想いで　人々は　どうしたのか

鉄骨だけの防災対策庁舎　もぎとられた
病院　スーパーマーケット　見上げてみると　空が青い

三階建てのアパートの屋上に
壊れた車がまだある
歩いていて　ふと
小石を蹴ってしまった　無念を　どうしようもない

高台から海を見つめると　津波の想像が来た
叫び声　手をあげて巻き込まれていく　人々の姿
水が消えた　どうしようもないのか　想像が来た
津波が来た

2

頭皮の湿疹がひどくなった
髪の毛を黒く染めていたのだけれど
治るまで
そうしないことにした

強い風と海を眺める　朝
顔を洗っていると
あらためて
白髪と出会った

呆然とした
本当の時間があった

本当の老いがあった
本当の私があった

泣きたくなった
私は私に嘘をついていた
この町ではたくさんの方が
本当に　波にさらわれたんだ

3

高台はどこにある
高台はあの丘にある

さあ　登っていくのだ
誰も彼も急ぐのだ

高台を仰ぎ見て
登っていく人々よ
雪が降ってきた
雪が降ってきた

高台はどこにある
高台は風の先にある
さあ　登っていくのだ
誰も彼も急ぐのだ

高台を仰ぎ見て
さらわれた人々よ
雪が降っていた

雪が降っていた

十二月四日　南三陸《みなみさんりく》にて投宿

苦難

肌がとられていく
剝《は》がれていく
激しい寒気の真冬に
除染されて　樹皮を削られた私たち

新しい皮膚が
どこかからやって来るまで
裸にされて
寒風にさらされている私たち

この痛みを知って下さい
奪われた何かを分かって欲しい

夏には　たくさんの果実が川原に山積みに
捨てられて　腐乱していったことを

耐えるしかないのか
樹木よ　精神が　血を
涙を流している　私たちは
それでも　立ち尽くす木なのだ

十二月十日　伊達《だて》市にて

収束

福島県民は三万人が避難していると聞いた
ある中学校では県外の高校を受験する生徒が急増した
ある街では誰一人として外で　子どもが遊んでいない
どうなるのか　ふと　あの爆発を思い出すのだ

私の中で　何が　爆発しているのだろう
怒りなのか　悲しみなのか
絶望は爆発するのか　一体　何が
あの日の爆発の記憶がまず　爆発するのだ

私たちは中間貯蔵施設問題について　もはや
考える前から　途方も無く問われてしまっている　逆に

問いたい「中間」の故郷とは　あるのか
あるいは別のところに故郷は　貯蔵できるのか

本日　原発事故「収束」宣言があった
お祝いをしなければ　私は缶ビールを力の限り振り回す
プルタブを開けようか　どうしようか
すると　爆発の記憶がまず　爆発

十二月十六日　福島市にて

線量計

線量計を手に入れた
それを持って　近所を歩いてみる　数値の高いところ
低いところ　はっきりしている
やっぱり　あるんだ

家の軒下《のきした》　水たまり　側溝は　少し高い
アスファルトは低い
地面すれすれと　腰のあたりとでは　値が変わる
やっぱり　あるんだ

実家に行く　玄関を測る　台所を測る
父と母の部屋の中を測る　そんなに高くない

だけど　やっぱり　少し　あるんだ
僕の育った家　僕の帰る家

庭を測る　柿の木の下を測る
雨樋《あまどい》の水の流れていく地面が　少し高い
残念　家の中　窓を開けると少し高い
閉めると少し低い　やっぱりあるんだ

十二月三十日　福島市にて

息の途中

土いきれがある
田園の真ん中を歩いていると
土の呼吸が分かる
この時　私は息を殺している

土いきれがある
辺りを歩いていると　鳴き声がする
振り返ると　鳥の影　土が息を吸う
この時　私は息を潜めている

土いきれがある
庭先を　歩いているうちに

風が　ひるがえりながら　私の名を呼ぶ
この時　私は息を忘れている

悲しい　土いきれがある
悲しい　草いきれがある
悲しく　人いきれがある
この時　私は息をしている

二〇一二年　一月十四日　福島市にて

荒れ野に

除染する男たちが　集まって　相談事をしている
路地で　ホースを　デッキブラシを　地図を持って
顔を突き合わせて　あれこれと　話している
難しさと　にらみあっている

除染する男たちは　今　正に
荒れ野に立っているのだ
歴史という　野原　枯れている　茫茫《ぼうぼう》である
誰も彼も　途方も無いのだ

男たちは　歯をくいしばる
時間の皮肉な笑いに　負けない

社会の深い谷間から　這い上がるしかない
人生の定めを　誤魔化《ごまか》さない

あきらめてたまるか　除染だ
日本へ　宇宙へ　近所へ
男たちは狼煙《のろし》をあげる気持ちで
こすりはじめるのだ　表土を　さあ　荒野に立つ

一月十五日　福島市にて

方法

福島の空では
白い鳥が美しい隊列を
少しも崩さずに飛んでいく
こんなにも見事な方法で

白い雪の個個の粉が降るなかを
白い翼が何かを宣言するかのように
白い雲に
分け入っていく

どんなふうに暮らしていけばいいのか
正しい答えはあるのか

何かを決断しなくてはいけないのか
　何かをあきらめなくてはいけないのか

やがて降る雪は激しくなった
真白い雲に真白く消えていく
鳥たちの清潔さ　誠実とは何
吹雪を振りあおぐ

一月二十五日　須賀川《すかがわ》市へ

レタス

相変わらず生と死が並んでいる
衣服を着ようとして
窓は開けない　冬の鳥の声を想像して
コーヒーの香りを知って

相変わらず生と死が並んでいる
レタス畑の間の道を歩いて　職場へ
はるかな山の影を楽しんで
小石を蹴って　それを転がして

相変わらずの一日に
いつの頃からか　慣れてしまうのか

隣に死があることも
だから生としての私があることも

朝の支度をして急いで
レタス畑を行く
並んでいる真実
整列している生と死

一月三十一日　福島市岡島《おかじま》にて

一つ一つ

これまでにない寒波
雪がずっと降っている
空間放射線量が低くなった
どこもかしこも　一様に

セシウムが付着している地面を
雪がさえぎっているだけの話
溶けてしまえば元に戻る
冷たい真実

きちんとした放射線量の数値の変化
放射能もまた生きているのだ

下がったり　上がったり
息を凝らしたりしているのか

一つ一つの雪のかけらを見つめる
一つ一つの命がこの街にはある
一つ一つが空に形を与えられて降りしきる
一つ一つが地に音を立てている　立てていない

二月三日　福島市にて

知る

山は山を知らない
海は海を知らない
人は人を知らない
風は風を知らない

町は町を知らない
道は道を知らない
川は川を知らない
原子力は原子力を知らない

私は私を知らない
犬は犬を知らない

星は星を知らない
本は本を知らない

靴は靴を知らない
真実は真実を知らない
森は森を知らない
命は命を知りたい

二月五日　小野《おの》町にて

もう一つの震災ノート

あきらめない

伝えたいことがある
水のせせらぎ
鳥のさえずり
風のくるぶし

教えたいことがある
故郷のぬくもり
父と母の愛
夕暮れの雲

あきらめない
あなたは何を

私は私を
暮らした日々を

伝えたいこと　教えたいこと
不安な静けさについて　無口になってしまう時について
だけど
絶対に　あきらめないことについて

震災

地図を　広げる
じっと見ている
使い古された一枚が
机の上にある

山々が並ぶ　雲に誘われる
野道が続く　丘の先は海になる
私は風になって　ぐるり　旅をして回り
また　ここへと戻る　私という場所へ

日本の地図を新しくしなくては
いけないのか

皺《しわ》や傷が　ひどくて痛々しい
裏返してみる

この裏へ
さらわれてしまったのか
風になったまま
戻ってはこない人々を想う

一日

一日の終わりに　一日について
一日の間にたずねてみる　じっくりと
一日という　とほうもない相手と
一日を間に置いて

今日　ある人は　生まれたばかりの
赤子を見つめて　名前を考えている
ある人は　思い切って　告白
結果は　どうなったのか

ある人は
転職せず　課長に昇進

ある人は探していたヘアピンを発見した
ある人は孫と手をつないで木を見に行った

ある人は震災の被害を調べた
ある人は瀧を写真に撮った
ある人は鳥を探した
ある人は財布を買い替えた

「一日」というありふれた題名を
一日に与えてみた
一日はようやく
一日になった

回転

夜半に少し窓を開けて　風の音を聞く
この星の真ん中から
力が湧いてくるような心地がして
嬉しくなる　この時

一つ一つ窓明かりが消えている
潜っているのだ　深い深い意味の奥へと
僕はまだ眠らずに　窓を開けたまま
飛び込んでくる法則を　待っているのだ

瞬きながら星が流れた　宇宙の衝撃を知った
どんな時も　そして　この星は

回る先を追い
回る先に追われている

公転という大きな約束のなか
一回りして
確かに喪失していくもの
夜中に　夜を　そして　朝へ

あなた

あなた
大切なあなた
あなたは今
何をしていますか

あなたは私です
私はあなたです

暗く深い夜の底で
あなたを
想っています

私は
私を
あなたを
あきらめない

あなたを
あきらめない

青空に

ぽっかりと浮かんでいる雲
それを見つめて想った
うん　生きている

何も書かれていない便箋
いくつか文字を書き出して
うん　生きている

悲しみ　苦しみ
涙を拭いて
うん　生きている

呼ばれた気がして
振り向くと　誰もいなかった
福島の青空に　風

うん　生きていく

私もあなたも
うん
涙を拭いて

田園

真夜中に野菜と果実は実る
ツタや葉や果肉は実る
カロチンや鉄分や色彩は実る
悲しみと優しさと慈愛は実る
雲と星と風は実る
実りながら泣いている

真夜中に野を行く人影の記憶は実る
農作業の後の 額《ひたい》 の一垂れは実る
畑に刺された竹竿は実る
その先にとまって眠る
トンボのメガネに実りが映る

実りながら泣いている

水たまりに小さな波紋
犬の遠吠え
片方だけのサンダル
赤さびたシャベル
トラクターのタイヤの溝
夜が実っている

直立している葱《ねぎ》の葉
南瓜の花は暗い闇の火
トウモロコシの精神は鋼《はがね》に近い
窓を開け放したままの
軽トラックの助手席には忘れられた手ぬぐい
夜が実っている

福島に実っている
福島が実っている
愛おしい実り
涙は真夜中に実る
もうじき朝が来る

おかえり

故郷を追われた
三月十二日のお話を
聞きに　郡山へ
避難所へと出かけた

三月十一日の震災直後には
みぞれが降った
天変地異とはこのことかと思った
今は「人」変地異だと笑わずに語ってくれた

帰り道　夕暮れ
泣きたくなって

ただ　そうした　みなしごのように
幼い頃に帰りたくなった

雲間には
光る
鳥の家
ただいま

あたたまろうよ

おかえり
外は寒かったね

おあがり
あたたまろうよ

私たちは
ぬくもりを探して
話し出す

お茶を飲もう　ふと
かすかに

鳥のさえずりが聞こえた

晩ご飯は何にしよう　ふと
種子から顔を出すものの
気配を感じた

回覧板を誰が持って行くか　ふと
風が　草原と
海を渡っているのを想った

お風呂がわいたよ　ふと
川のせせらぎと
光が背中へ近づいて来た

私たちのひとときが
一年が　一生が

春の足音に
耳をすませて
母の声だ
おかえり

かけがえのない夕食

いただきます

父と
家族と
ふるさとが
食卓に集まり
箸を動かしはじめる

一日のうちで最高の時だ
父はそんなふうに思う
家族も目配せして微笑む
舌鼓を打つ
子どもは　はしゃいで良し
ふるさとは深く
うなずく

やがて
巣立ちの時が来るだろう
それは私たちの仕事だ
父と母もうなずく
だから
今こそを
噛みしめるのだ

囲む鍋の湯気に
ふるさとは
目頭を熱くして

この家に
いつまでも
暮らしていく

家族

変わらない一日
きみに話しかけたり
美味しいものを食べたり
二人で笑い合ったり

青空を眺めたり
車を新しくしたり
いつしか家族も増えて
初めて言葉を話したり

その子が思い切って
両足で立ち上がったり

風を追いかけたり
いつも見つめていたのは
山と川と夕焼けの美しさ
変わらない毎日　それが
僕たちのすべてだった
今もそうさ

いつだって　あの雲には
みんなの家がある
誠実がある　故郷がある
見上げていこう　どんな時も

ロングパス

自転車でここまでやって来た
今までで　一番　遠いところへ
私も彼も　上機嫌だ
やわらかな風　子どもの前髪が優しく揺れて

カゴからサッカーボールを取り出し
私も　彼も　蹴り続けるのだ
今までで　一番　長いパス
すると　蹴り返してくれる

夕焼けに向かって
福島の子はロングパスをする

この先の歴史へ
この街の季節へ

涼しい風が吹いてきて
さあ帰ろうか　この一番の旅を
昨日のように思い出す　二人で
ふるさとを　後ろの荷台に乗せた日を

風に

悲しいこと
辛いことが
あるのなら

つぶやこう
話をしよう

暮らしのこと
これまでのこと
腹が立ったこと
泣きたくなったこと

嬉しかったこと
苦しみや悲しみや
離別や不安や
優しさや

みんな　今
心の
丘に立っている
心に吹く風を
追って

さあ
行こう
一緒に

心の
丘で
言葉になろう

青空に
浮かぶ
雲になろう

おやすみなさい

眠れないのなら
私が傍《かたわ》らで
聞いてあげる
「おやすみなさい」
そして
眠れない
その理由を

悲しいのなら
私が一番先に
聞いてあげる
「ひどい話だ」

やっぱり
悲しい
その理由を

怒りたいのなら
私が叫びを
受け止めてあげる
「何処にも　ぶつけようがない」
そうさ
怒りは静かでも
激しい

私
私は誰

私は

日付変更線の先の
明日
です

夜明けです

約束

指切りしよう
今日のこと
忘れない

指切りしよう
心配なこと
黙らない

指切りしよう
難しいこと
易しくしない

指切りしよう
疑わしいこと
知らないふりしない

指切りしよう
約束を
約束しよう

指切りしよう
指を
絡めよう

福島を
信じよう

ユビキリゲンマン

嘘ついたら…

でも　ときには
ついてもいいさ
こんな　辛い時だから

でも　もう一度
約束しよう

新年

長かった　深かった
大晦日の夜が明ける
阿武隈《あぶくま》山脈から
友と家族に手紙を書く

空行く白鳥の声が聞こえる
神仏に手を合わせる
種子から顔を出すものの気配を感じる
ひとときが　一年が　一生が

春の足音に耳をすませている
私は　じきに三月
新しい緑が芽吹く丘に立つだろう
陽射しを浴びて

命のぬくもりが分かるだろう
私は新しい季節だ
ふとつぶやくだろう
愛が目覚めるだろう

友よ
家族よ
私たちに
今生《こんじよう》の朝が来た

静かにあなたへの宛名と
私の名を書こう
奥羽山脈へ
夜明けを送る

離郷

悲しくて涙が止まらない
止めどなく　頬を伝う一筋に
ふるさとがあることを知った
もう戻れないのだろうか

悔しくて言葉を探し出せない
沈黙の隣に
恐ろしい静けさに　震えるのどに
ふるさとがあることが分かった

必ず　戻ってこよう
目と鼻を拭き　押し黙り

家族でうなずくと
夕暮れが迫ってきた

私たちはこれから　家を
町を　森を　田園を離れていく
別れの前に　唇を噛みしめて
ゆるがないふるさとを想った

握手

握手をしよう

あの日から
変わってしまったこと
少しも変わらないこと
その両方を

お互いの手にこめて

固く
確かめ合おう

僕らの
故郷のしるしを

雲が浮かび
木々が芽吹き
川が流れ
鳥がさえずり
山はゆるがない
やがて
花が咲く

あなたの手は
わたしの手を握る

だから
あなたの手を握ろう
あなたの手を握り返そう

震災ノート　余白に

三月十一日

どこからともなく「逃げろ」という叫びが飛び、窓から身を乗り出した。いた場所が幸いにして一階であったことは救いであった。僕は職場の会議に出ていた。

午後二時四六分。地震が始まった瞬間は、身を低くして強い揺れに耐えたのだったが、皆が無理だと直感した。

底から響く、地球からの怒声を想起させる地鳴りは、これまでの経験のどれにもあてはまらないほどの強さであった。外から見あげると、階上の窓は割れていた。

大きな馬の背中に乗っているかのような、立っていられないぐらいの地の揺れ。

しばらくして場が落ち着いてから、僕は実家へと車を走らせた。

妻とは奇跡的にも、地震直後に電話で連絡がついた。妻が小学校にいる息子を迎えに行くこととし、僕は父と母の許へ。

しかし普段通っている道はすべてが、通行禁止。抜け道を走れば、地割れと段差。心配が募《つの》る。気持ちを抑えて、なんとかしてたどりつくと、両親は庭先で車に乗って待機していて、無事。

両親の前で久しぶりに、うわんと泣いてしまった。

妻と子どもも合流。その日の夜は、激しい余震が続いているため、収まるまで車で過ごすこととしたが、一向に気配はなかった。

僕たちはずっと、地元のラジオ福島の番組に耳を傾けていた。アナウンサーが「明日の朝になってみないと、本当の被害は分からない」と言った。確かにこれまでにない地震だった。しかし例えば二、三日経てば、通常の世の中に戻るだろう……と、暗い車内で、子どもになるべく優しい言葉をかけながら、僕も妻も思っていた。

翌朝の地元紙の大見出し。「巨大地震」「震度6強、大津波　死者、不明　全国660人超」。昨日の服のまま、一夜を過ごした私たちは、携帯の画面でテレビを見た。黒々とした津波が、すべてをなぎ倒して、港町を飲み込んでいく映像。船、家、人。言葉を失った。

絶句。

三月十八日

息子の大地《だいち》がいよいよ、卒業する。

だからなのか、最近になって、小さなランドセルを背負って、おっかなびっくりに学校に通っていた彼の姿を良く思い出す。ぎこちなくも可愛らしい小学一年生の姿は、目に入れても痛くないほどだった。卒業式が近づくたびに、次の世界に彼が足を踏み出す前に、何度も思い返してみる。

「きみのまなざしは新しくなった／春には花と鳥を映して／夏には海と雲を求めて／強く　優しくなった／／きみのまなざしは深くなった／秋には銀杏《いちょう》の樹を見上げて／冬には冷たい風の歌を耳にして／いろんなことを知った」

ここまで書いていると、ああ、本当に卒業なんだなあとあらためて、しみじみ。続きを書いてみる。「この間まで　さ／大きなランドセルを背負って／……」。

子どもたちは季節をたどたどしく追って、いつの間にかそれを追い越して、新しい春へ。

震災に遭った。三月十一日。

その日の夜は避難所に泊まった。翌日になってさらに、甚大な被害の様子が次々と分かってきた。学校から連絡があった。「卒業式は中止にします」。やがて放射能が心配なため、妻と大地は山形へと避難した。

「まなざしは濃くなった／まなざしはまっすぐになった」

おめでとう。この日、電話口で、静かに大地に読んであげた。

「きみのまなざしは一日を知った／きみのまなざしは宇宙を知った／／きみはまた追い掛けるだろう／きみはまた追い越すのだろう／／今日という一日を卒業するために／明日という季節を卒業するために」

福島の小学校のほとんどの卒業式は、中止された。

ここで、卒業式をした。

四月某日

私は高校で国語を教えている。

教師の良いところは、子どもたちから若い力をもらうことができるところにあるとずっと思っている。学校に勤めてきて、変わらずにそれに感謝してきた。例えば一人の親として、我が子から元気をもらう瞬間が必ずあると思うが、それとよく似ているのかもしれない。または目線が同じでいられるということかもしれない。一緒に生活をしているからこそ、いつまでも学生のまなざしを教えられ、新鮮さを与えられ、元気になる。

物書きとして、早朝に執筆するという生活をずっと長く続けてきた。上手く筆が進まないと、体の奥から力が奪われてしまったような気持ちになる。しかし、学校に行き、生徒たちと挨拶を交わすと途端に何かが湧いてくる。そしてこのことは、朝に息子の大地に、「おはよう」と言葉を交わすことから始まっているのかもしれない。彼から言葉が返ってくると、違う体温が上がってくるのを感じる。

元気のない生徒と話し込むこともよくある。事情を聞きながら、いろんな言葉で励まそうと努力する。例えば単純に「しっかりゴハンを食べなさい」とか「気持ちを切り替えて、ガンバレ」とか、「自分の道を信じて進め」とか。相手に向かっているけれど、しかし自分へのセリフなのかもしれない。生徒に話しながら、自分自身の弱さにも向けている。そして時折には、大地にも同じく語りかける。この時、父であることをあらためて自覚して、己《おのれ》にもハチマキしている。

生徒も息子も、かけがえのない青春の一日を生きている。だからこそ、震災からの日々を、とても辛く感じてきた。卒業式がなかったり、校舎の損壊で教室に入れなくなったり、マスクを外せなかったり、プールに入れなくなったり……。私たちにとっては当たり前だった学校の日々を、彼らに手渡せてあげられないことほど、教師として親として辛いものはない。学校こそは私たち人間の心の砦《とりで》。守らなくてはいけない。

福島のほとんどの学校で卒業式はなかったが、入学式はとり行なわれた。中学校の制服を着た大地。新入生の呼名が行なわれた後に、一斉に在校生たちが立ち上がり、ベートーベンの「よろこびの歌」を合唱した。これはこの学校の伝統なのである。迷いのない力強い誇らしい歌声を聞いて、涙があふれ出てきた。これからの未来は彼らが、きちんと作っていってくれる。若々しい群衆の中で、すっくと誇らしく立ってい る大地の後ろ姿を見つめた。福島の日本の子どもたちと共に強く生きる、私たちの人生の有り様を想った。

五月某日

母校とは、ありがたいものである。二十数年ぶりに出身中学校を訪れてみると、いくら校舎が新しくなっているとしても、やはり懐かしい「故郷」のような感じがある。

とても年の離れた後輩たちに、話をしに出掛けた。「大先輩」として迎えられるのはいささか気恥ずかしいのであるが、震災後の福島を生きていかなくてはならない中学生たちに、是非とも何か話をしたいと私も常々願っていたので快諾した。

そうは言っても、突然に現われた親と同じぐらいの年齢のセンパイを、中学生たちはどのように思うのか。いささか不安であった。しかしだからこそ、良いということもあるかもしれない。息子に話すようにすればいいのだ。割合にすんなりと学生たちと打ち解け合うことができた。名は福島第三中学校。通称「三中生」と、街では呼ばれている。どうぞよろしく、サンチュウセイ。

特に前半で心が通じ合えた話題は、私の好きな三中の風景、ベストテン、だった(ちなみにこの順位は、私が勝手に付けたものである)。例えば第十位「授業中に競技場のアナウンスが聞こえてくる時」。すぐ近くに陸上競技場があり、授業中や試験中に、場内のお知らせや歓声などが耳に飛び込んでくる。これを卒業してから何度も懐かしく思った。みな、ウンウンとリアクション。

例えば第六位「校庭の銀杏の葉を拾い集めている時」、例えば第五位「夕暮れに向かって校舎の裏のサイクリングロードを歩く時」、第四位「部活動の帰りに買う、コロッケ」……。会場は共感。そして第一位は「校庭の坂を自転車で下りながら、緑の風を受ける時」。後ろに並んでいる保護者の方や先生方まで、納得してため息をついたり、にこにこと頷いてくれたりした。これが私たちが分かち合っている故郷の風景なのだ。

共に同じ街に生きて、同じ学校に育って、福島に暮らしているということなのだ。必ずここで学んでいる時間が、みなさんの心の故郷そのものになる。それを幸せに思って、大切にして下さい。詩を朗読した。「福島は父と母です／福島は子どもたちです／福島は青空です／福島は雲です／福島を守る／福島を取り戻す／福島を手の中に／福島を生きる／福島に生きる／福島を生きる／福島で生きる／福島を生きる」。共に生きよう。

五月某日

ある人が原子力発電所から、二〇キロ圏内の自宅へと二時間だけの一時帰宅を許された。久しぶりの家に戻り、何を持って帰ってきたのか。

まったく手をつけずに、自宅を後にしてきた。どうしたのかと尋ねられて、「ただ、茶の間で泣いてきた」と一言。それを隣で聞いていた方は、こう話した。

「泣きに帰ったと思えばいいじゃないですか」

あと三〇秒でも一分でも時間があったら、もう一つだけ、深いため息がつけたかもしれないのに。

五月某日

幼い頃。何でも噛む癖があった。この頃の私がそのまま書かれているような詩があり、それが好きだ。「阿武隈山脈はなだらかだった。／／だのに自分は。／よく噛んだ。／鉛色の軸も。／鉛筆の芯も。／／阿武隈の天は青く。／雲は悠悠流れてゐた。」。これに触れた時、子どもの私と出会った気がした。草《くさ》野《の》心平《しんぺい》の「噛む」という作品。

カンシャクをよく起こしていた心平の少年時代が描かれている。小さい時はどちらかといえば私はおとなしいほうだったから、当てはまらないようにも思うのだが、忘れている自分を見つめている気がいつもするのだ。「阿武隈山脈」と「雲」、そして

「鉛筆」の組み合わせが、スケールの大きさと、深い生活感覚を追いかけていく心平の作品の世界を象徴している。

阿武隈山脈。山の影。光。心平さん。大きな地震がありました。悲しい出来事がありました。福島をどう思っていますか。僕は福島を、もっと愛する。

岡山小学校の木造校舎。足し算や引き算。字の書き順。鉛筆をがりり。そうだった。窓の外。空。雲。悠悠。くるみ川。文知摺《もちずり》の鐘の音。初夏の水田。

五月某日

発言したい。絶対はない、ということを。

私は今もなお、さまざまな日本の〈絶対〉が崩壊していく様子を目の当たりにしている。毎日のように、二十代に過ごした南相馬市の日々を思い起こし、周辺住民の避難への嘆きを思いやっている。もう取り戻せない第二のふるさとの街の風景を、怒りと悲しみの念の混ざり合う中で、何度も繰り返している。

福島の相双《そうそう》地区と呼ばれているこれらの場所は、人口がとても多いというわけではないけれど、その分、他所から来た人でも、すぐ顔見知りになることができる。浜っ子独特の気っぷの良さとぶっきらぼうさとがあるが、子どもも大人も、人なつっこい。声を掛け合って暮らしているようなところがある。千余年続いてきた相馬藩の伝統や文化に、みな誇りを持っている土地柄である。

相馬藩が代々守ってきたこの相双は、一度も他の藩から侵略を受けたことがない。他に屈服したことがないという史実を、とても大事にしてきた。今回の襲来が言うなれば初めての、絶望であるだろう。

その相手は荒武者たちではない、見えざる敵である。口惜しさは何重にもなって、出口の見えない毎日の中で、同じ重たさでのしかかってくる。故郷を追う者、私たち日本人を追う残酷な誰か。それは〈私たち日本人〉なのである。このような国家であることが、今回でよく分かった。

私は現在、原子力発電所から六〇キロ離れたところで暮らしている。原発の崩壊以降、ほぼ二カ月以上、我が家では一度も窓を開けていない。これからも開く予定は今のところ、ない。閉ざされた家で、日々の報道に脅えながら暮らし続けている私たちを、封印したままにしようとしているのは誰なのか。しかし遠方の知人から励ましを多くいただいた。自分のことのように受け止めて心配してくれる、たくさんの人々もまた〈私たち日本人〉だと思う。さまざまな不条理、優しさ、温度差、思いやり……。さまざまな感情が渦を巻き、列島を覆っている。

三月十一日午後二時四六分。相双地区、富岡《とみおか》駅周辺。浜辺の近くにいた私の知人Mさんは、本震に耐えて、海のほうを街の人々と一緒に呆然と眺めていたと聞いた。およそ三〇分後に、水平線が見る間に高くなり、壁のようになって岸へと近づいてきたそうである。Mさんは、「逃げろ」と大声で叫びながら、車で高台を目指した。そして富岡駅を津波が直撃したのは、人々がこの〈壁〉の異変に気づいて、数分後であった。

私は津波の映像を、パニック状態の、福島の市街地のオフィスのテレビで、夕方に目撃した。瞬く間に黒い波が気仙沼《けせんぬま》の港町を襲い、すべてをなぎ倒すのを目の当たりにした。それまでは家族の安否を確かめたり、今後の対応に追われたりして、画面を見る余裕などまったくなかった。津波の映像を目撃して、初めて私たちの身の回りの出来事だけではなく、もっと巨大な規模の異変がもたらされたことを知った。

気仙沼。私が何度か遊びに出かけた海が、こんなにも牙を剝《む》いて襲いかかってきたのだ。その日の夜には、南相馬市の行方不明者が千数百人にのぼっていることを、ラジオで聞いた。破壊の波は浜通りにも来たのだ、あの黒いやつが……。

私たち福島人の頭を過《よぎ》ったのは、原発であった。しかし初日は、余震と津波の被害の情報が、分刻みでラジオから届けられたのみであり、現在のような甚大な人災を、ほとんど知らなかったといっていい。

三月十四日、水素爆発。福島第一原子力発電所三号機も、一号機に続き（三月十二日に爆発）、煙があがった。いよいよ原発は危ないこととなり、報道は過熱さを増していった。先ほどのMさんの話によると、消防署と警察署と市役所の辺りで、サイレンはほぼ同時に鳴ったそうである。スピーカーで「避難」の呼びかけの放送がけたたましく入った。町会長が走ってきて、「原発が爆発するから、すぐに逃げたほうがいい」と言い放っていった。

Mさんは家族と共に、ともかくも車に飛び乗ったそうだ。しかし道は大渋滞で少しも先に進まない。ずいぶんと経って安全な区域まで逃げ延びることができた。家族を抱えて、前にも後にも進むことのできない、車中の不安と恐れは想像を絶する。白い煙の恐怖。この時、私の家ではひっきりなしに電話が鳴っていた。遠くに住む友人などが、心配をしてかけてきてくれて、部屋と布団を提供するから……と、避難を勧めてくれるのである。

福島……、いや、日本、あるいは世界が直面する最大の失敗劇の始まり。避難する人々の無数の影、あるいは避難したくともできない姿。爆発の白煙に脅えながらも必死に生きようとする、右往左往する人々で福島はいっぱいになった。ガソリンスタンド、スーパーマーケット、給水車の前には、長蛇の列である。険しい顔で順番を待つ人々の姿は、非常事態の中、自分や家族の糧を得ようと懸命であり、時には鬼の形《ぎょう》相《そう》を見せた。

十五日の夜には、関西へと避難を終えた友人などから電話があり、いつでもこちらは部屋を探せるから、安心してやって来るといい、という連絡がいくつかあった。心配してくれて有り難い電話ではあるのだが、電話を切ると、不安はその都度に加速していく。十六日の朝。知人のKさんから家内に電話があった。「泣きながら、この子だけでも……と思って山形に預けてきた。子どもだけでも……避難させたほうがいい」。

ガソリンは残り少ないが、妻に山形の実家へ連れてもらうように頼んだ。ワンメーターに満たないのに二人は峠を越えていった。私は父と母が居るから、残った。この時、最も高い数値を示している福島市に、扉と窓を閉め切ったまま私はアパートで一人だった。もう妻と息子とも会うことはできないのかもしれない。福島は、日本は駄目になるかもしれない。私たちの暮らしはもう終わりだ。

「外出をする際には、肌を露出せず、帽子を被《かぶ》りましょう。帰宅したら、髪や全身を手で払い、着ている物は全部袋に入れましょう」。このようなことが、明るいＢＧＭにのりながら、テレビでアナウンスされている。こんな時にも楽しいメロディをかけて……、などと画面を睨《にら》みながら、外には決して出られないことを悟った。少なくなった食料と水を見つめる。

完全にこの部屋は独房である。余震は続く。ラジオでは、避難する人々へのアナウンス。「今、新潟や山形へと続々と避難しています。避難するみなさん、どうか落ち着いて行動してください。みな同じ気持ちです。この時こそ、譲り合い……」。そう言いながら、アナウンサーも涙声になっている。悔しい、情けない、悲しい。自然の脅威もさることながら、放射能、見えない人間の生み出した〈脅威〉に絶望するしかない。

この日本をいかに生きるか。私は極限にそれを、暗い部屋の中で問われた気がした。最後にはこの国の社会は簡単に冷たい顔になる。この時に私は思考を止めた。ならばどうしたのか。一心不乱に、言葉を呟き始めた。「震災に遭いました」「行き着くところは涙しかありません。私は作品を修羅《しゅら》のように書きたいと思います」「放射能が降っています、静かな夜です」「この震災は何を私たちに教えたいのか。教えたいものなぞ無いのなら、なおさら何を信じれば良いのか」。

このような、ストレートなメッセージを書き殴り、ツイッターに投稿した。正気を取り戻すことができるようになったのは、全国の、フォローして下さった方々からの、たくさんのメッセージの一つ一つにあった。「頑張って下さい」「福島に残した父のことを想って泣きました」「いつも涙しています」……。

私たちの精神を追い込むのも、救うのも言葉なのだ。あらためて〈絶対〉の崩壊に立ち向かうには、〈言葉〉しかないのだ。放射能。見えざる恐怖の情報に脅えて、励ましに涙する毎日の中で、本当に信じられる〈言葉〉だけを見つめたい。〈絶対〉がない今、これからの日本を語る一言一言を、あくまでも福島で見つけていきたい。原子力は必要なのか。この問題を全員で喉を嗄《か》らしても語っていかなくてはいけない。

六月某日

原稿に詰まると私は決まって、ウンウンと机上で唸るのではなく、野原散策へと出かける。過ぎたるは猶《なお》及ばざるが如し。このままでは脱稿できない。ヨシ。「書を捨てよ、町へ出よう」ならぬ「稿を捨てよ、野へ……」と決意する。編集の方には最後の推敲に手間が、と電話でお詫びしながら、軽装になりシューズを履《は》き、帽子を被りバックパックを背負う。見かけたら、「ええと締め切りは？」と首をかしげられてしまうだろう。

ロードバイクにまたがる。足に力を込めれば、軽快。近くのサイクリングロードまでの車道は大型トラックなども行き来しているのでおっかなびっくりだが、たどりつけば阿武隈川沿いの美しい道になる。安心して青い空の下をひたすら通り過ぎると、二輪の獣になったような気になり、何も考えなくなる。後方からプロフェッショナルな身なりの人が風のようになって私を追い抜く。少しだけ張り合おうと思うが、すぐにあきらめる。

かなりのスピードに身を委《ゆだ》ねると路面の段差や小石のありかなどが、本能的に分かるようになってくる。何しろサイクリング車で転んでしまえば、これまでに体験したことのない大怪我になることは間違いないのだ（と脅かされて店で一番高価なヘルメットを自転車屋さんにはいつも勧められる）。道の起伏やカーブを敏感に把握しながら速度をあげると風景がぴったりと肉体に張り付いてくるかのような、福島を吹く風との一体感がある。

感ずる。空気の奥にある清澄な呼吸を。それは私のものなのか誰のものなのか、よくは分からないのだけれど、どこまでも清潔な呼気と吸気だ。あまりにも清《す》んでいて、鋭利に磨かれた美しい刃物の先のようなものでもあり、透明な泉の穴のようなものでもある。触れたいのだけれどできない。だからこそ憧れる大気の真中がある。詩人高村光太郎《たかむらこうたろう》の作品に「天然の素中《そちゅう》」という言葉が登場するが、それがこれだと勝手に信じてきた。

あるいはジョギング。高校時代はよくやった。年齢を重ねてから体力的にも時間的にも連日というわけにはいかなくなったが。時には機械に頼らず、二本の足で地面の硬さを確かめたくなり、駆けてみる。長い時間をかけてとても遠くまで出掛けたりする。自分への挑戦として倒れてしまいそうになる手前まで、足と体に無理をしてみる。するとある瞬間に、全身が軽くなる。足が前に軽やかに出るようになる。

これはランナーズハイというものかもしれない。妙なたとえだがこうなってくると、足から上の半身は、椅子に楽々と腰掛けたままで進んでいるような心地になる。何だか大きな空と膝をつき合わせておしゃべりしているような感覚になり、景色がとても親しく感じられてくるのだ。何かを追いかけている、あるいは追われているような心地がして、楽しく思えてくる。

光太郎は愛する妻の智恵子《ちえこ》が亡くなってしばらくしてから、「智恵子は天然の素中に帰っていった」と語り、晩年に暮らしていた岩手の花巻《はなまき》の山居ではたまに丘に登り、虚空に向かって智恵子の名を呼んでいた、と生前を知る人に聞いたことがある。天を見あげる。胸の底まで酸素を味わいながら、私も〈天然の素中〉を探してみたい。それを求めるようにして、あるいは背中を押されて、地を蹴る。どうして、こうしたいのだろう。

原稿を仕上げられない私の心と体は〈天然〉の息の海に飛び込み、新しく目を覚ましたいのである。どこにあるのかは普段はあまり探し出せない。世界の〈清澄な呼吸〉と一緒になってみなくては、それを求めてみようなどという発想すら湧かないのだ。それにしても手間取ってウンウンと唸っている私を想像している編集人は、滝の汗を流してふらふらと野道を移動しているとはユメユメ想わないだろう。

とても疲れている時は、ただ歩くことにしている。目的は鳥の声だ。川べりを探してひとしきり探索する。さえずりはもちろん素敵だが、響き渡っている野山の広さの感触がさらに良い。それが鼓膜で分かると鳥の姿と風の息遣いとが同時に耳に飛び込んでくるかのようだ。漫漫と流れる阿武隈川。耳を澄ます。鳥は〈素中〉から、こちらに命の息吹を簡潔に届けようとしている。翼に目を凝らす。翻《ひるがえ》る一羽。風切り羽根。

真冬の散歩もオススメである。東北の季節はそれは厳しいものだが、私はデジタルカメラを忍ばせて、白鳥の集合地まで行く。何も浮かばない凍《い》てついた空に白い機体が、編隊を乱さずに飛来し着地する見事さ。餌の一つであるパンの耳やみかんの皮などをこそりと握り、ぶん投げる。空からの甲高い声。その途端、大空の中枢から何かが与えられている気がしてくる。

帰り道には、冬の畑の収穫物を隣近所の農作業をしている方から、立ち話の途中でいただくこともままある。採り上げたニンジンやねぎなどを、泥のついたまま貰い受ける。どちらも実は苦手な野菜なのだが、ニンジンはきれいに泥を落として水で洗って細かく切ってジューサーに入れて、レモンをひと垂らしする。念入りにかき回してジュースにして、一気に飲み干す。なぜだか生は大丈夫なのだ。

不思議な甘味と共に地下のイメージが私の脳裏に広がる。養分を豊かに湛《たた》えた地面の下の暗がりを思う。幼い頃に悪戯してちょっとだけ食べてみた、土の味がよみがえる気がする。飲み終えると野菜の栄養が強靭な意志のように広がっていったと感じられて、元気になる。この時にもやはり〈天然の素中〉の存在を確信するのである。大気の真ん中だけではなく地の下にも在るのだ。

いや、それは遠くにも近くにも、どこにでも在るのかもしれない。世を去った智恵子が生きている……、と光太郎が信じていたように、想いが肝心なのだ。〈天然の素中〉は空気のように心のようになって、すぐ隣にだってある。触れ続けようとすることとは、彼岸《ひがん》の真ん中を見つめようとして、此岸《しがん》に私が在り続けることを実感することにつながる。この時に原稿を仕留めようとするエネルギーがどこかから湧いているのが分かる。

初夏の季節。もう少しで、夏だ。夜には窓を開けて、蛙の声を誘い込むと良い。水田で競い合うようにして怒鳴ったり呟いたりしている蛙の声は、書斎に空と大地の今を運んできてくれる。地を這いながら届けられてくる合唱曲は、原稿用紙にも反響している。お、紙の上に〈天然の素中〉を見つけた……、と。クスリ。

原発ハ爆発シタ。

〈天然の素中〉ハ、消エタ。

放射能ノ影ガ、空ニモ、風ニモ、草ニモ、土ニモ、野菜ニモ、鳥、蛙ノ声ニモ、棲ム。

自転車モ、ランニングシューズモ、砂埃モ、触ッテイナイ。

窓ハ、一度モ、開ケテイナイ。

七月某日

小学校、中学校と私は、学校からの帰り道がいつも楽しみだった。福島市立岡山小学校。小学校から家までの道のりは、とても豊かな自然に恵まれていて、ひと通り遊んでから家にたどりついたものだった。田んぼ、小川、野原、陸橋……。ちなみに今も、私の幼少時代とほとんど変わらない風景が、子どもたちを育てている。

ある時はツクシが生えているのを発見して学帽いっぱいにそれを持って帰ったり、ある時はザクロの木に登って実をもいで食べてみて、あまりに酸っぱくて吐き出したり、ザリガニを捕まえようとして小川に転げ落ちて濡れてしまったり、絵に描いたような道草をしていたものだった（あまりオススメできることではないかもしれませんが……）。

あるいは一人で帰る時も、図書館から借りた本をちらちらと開きながら帰った。江《え》戸《ど》川《がわ》乱《らん》歩《ぽ》の推理小説などは、みな奪い合うようにして持っていったものだった。だから手に入った時は家まで待ち切れないのだ。座るところを見つけては、青空の下で読みふけっていた。こんな時がこよなく懐かしい。福島の青空を涼しい風が吹いていたものだった。

本も何もない場合は、自分だけの物語を空想しながら歩いた。他愛もないストーリーだったが、夢中で話の先を考えるのが楽しくて、途中で近所の人に名前を呼ばれても気付かないほどだった。この時の経験が大人になってもなお私に、何かを絶えることなく書かせているのかもしれない。

友だちとランドセルからグローブを出して、キャッチボールをしながら帰ったのを覚えている。そのまま公園に行って、三角ベースボール。夕暮れの終わりになるとゲームセット。それぞれの家へ急ぐ。ああわが黄金時代。私はこの歌詞を読むと、あの頃を思い出す。「夕日が背中を　押してくる／でっかい腕で　押してくる／握手しようか　わかれ道／ぼくらはうたう　太陽と／さよなら　さよなら／さよなら　きょうの日」（阪田寛夫《さかたひろお》作詞）。

福島の放射線の数値はまったく下がらない。福島に住む子どもたちは、車での送り迎えで通っている子がとても多い。三八度を超す真夏日でも外では相変わらず、マスク着用。胸いっぱいに深呼吸することのできる、豊かで優しい空気はどこへ行ったか。放射能は今、福島の子どもたちから、帰り道の楽しみを奪っているのだ。

八月某日

夏になると、太鼓の練習に出かけた。盆踊りの季節になると、火曜日と金曜日の夕方に決まって、実家の目の前の公民館で太鼓の練習となる。当時は子どもの出入りは禁止だったが、家がすぐ近くだったこともあって、夜の練習を見に行くようになった。最初は長老たちに、アッチイケという雰囲気で追い払われたが、それでもしつこく通ううちに、いつの間にか特別に仲間に入れてもらったのだ。

簡単そうに、楽しそうにやっている太鼓は、かなり難しいものだった。太鼓の最も響くところを上手に叩き、その後はバチを持つ手をきれいに伸ばさなくてはいけないのだった。良い音はこうしなければ出ないとのことで、徹底的に教えられた。初めは腕などをつかまれて、まさに手取り足取りといった感じで叩き方を教え込まれて、リズムや調子を体で覚え込まされた。

休むことなく、厳しい練習場へ通った。周りを見渡せば大人ばかり。そこに子どもが一人だけ紛れ込んでいたのだから、遠くから見るとおかしなものだったろう。だが私は、何の違和感もなく、大人たちと太鼓を叩いた。厳しい指導だったが、やぐらに上がるのだから当たり前だと思っていた。ちなみに特に許されていたわけではなかった。しかし私は何の迷いもなく法被を着て、本番の日もやぐらにのぼった。叩いた。

このこと以来、少しずつ子どもたちが太鼓の練習に参加するようになった。それが今も続いている。

夏の夜は時に大人も子どもも真剣な目をする。長年続いてきたものにはそれぞれに、受け継がれてきただけの厳しい掟のようなものがあって、それを町に暮らす大人たちが真剣に子どもたちに教えることによって、守られていくのだと強く感じる。

子どもたちは体に響く太鼓の音を通して、歴史を感じているようだった。子どもたちの活躍を目にするのが楽しみだった。放射線量の心配から、盆踊りは今年から中止となった。太鼓の練習もなくなってしまった。

いよいよ、大人たちの前で、太鼓を叩くぞ。ねじりはちまきを結んでみたら上手くできなくて、母が笑いながら直してくれたことを思い出した。寂しい福島の夏。

九月某日

蒸し暑い休日の東京駅の夕暮れ。東北新幹線のホームで、汗を拭《ぬぐ》っていた。発車の予定よりもずいぶんと早く到着した。

おばあさんが、必死になって探し物をしている。バッグの中を見たり、きょろきょろと辺りを見回したり……。

行き過ぎる列車の様子を眺めていて、ふと振り返ると、おばあさんと目が合った。おじぎをしていただいたので、私もお返しをした。

困ったことに、チケットを落としてしまったらしい。しかし目が良くないので、上手く探すことができない。辺りに落ちていないか、一緒に見ていただけませんか……。

矢継ぎ早に大阪の娘さんのところへ行ってきたお話とか、新幹線に乗るのはとても苦手だと語った。二人であちらこちらを見回した。それらしいものは見つからない。

大事なものは必ずここに仕舞うというところ、ありませんか……。ひらめいたという表情で、メガネケースをぱっと開いてみたら、きちんとチケットが揃えてあった。良かった、良かった。目の前の列車だった。

お互いにほっとして握手して笑い合った。幸運というものを信じた。どちらまで行くのですかと尋ねられた。僕は福島です。福島に帰ります。

十月某日

桃、梨、りんご、柿。いつもあった。農業を営んでいる親戚が、よく持ってきてくれたのだ。季節ごとに食卓に飾られていた。家族がくるくると剝いてくれて、ぱくぱくと食べていた。

親戚のおじちゃんは、桃やりんごに心を込めた。研究家で、味にとてもこだわっていた。「今年は特に甘い」と、目を細めながら私によく自慢していた。少し前に亡くなってしまったが、今年はあの表情を、よく思い出した。

風評被害という目には見えないものと向き合わなくてはいけない、福島の農業の苦しみ。空の上でおじちゃんはどう思っているだろう。こつこつと熱心に働く人だった。ごつごつとたくましい彼の手のひらが懐かしい。

先日、郊外で農家の方と、ある打ち上げの席でご一緒した。二人で杯を重ねていくうちに、「俺は悔しい」と涙を浮かべた。お互いに、酔ってしまった。私もぽろぽろ泣いた。おじちゃんの顔が重なっていくようで、辛くなった。もう一杯ずつ、注文した。

彼だったら、どうしたか。〈風評〉とどんなふうに、戦おうとしたか。一人の男の骨太な影が、浮かんで消えた。豊かな果実の味わいを舌が覚えていて、秋を深めて語り合った。

十月某日

見たばかりの夢の話をしてしまう。ともかく伝えたくて仕方がないのである。それは例えば良い夢の残像を確かめたい思いだったり、悪夢を早く誰かに話して消し去りたい思いだったり……、私は良くそれをしゃべるし、語りかけられると耳を傾けてしまう。

中国の「胡蝶《こちょう》の夢」という短い話が好きだ。ある男が蝶の夢を見て目覚めてから、自分は蝶を夢見たのか、あるいは蝶に夢見られたのか、と思い悩む話。不思議な浮遊感。

たくさんの人々。私はとにかくお願いをしているのだった。福島を守って下さい、守って下さい、と必死になって頼んでいた。

福島は地震の後、いろんなことがあって大変なんです。涙ながらに訴えている。わんわんと泣いてしまっている。その中に祖父と祖母の姿を見つけた。じいちゃん、ばあちゃん。幼い子どものようになって叫んでいる。目が覚めた。

あの群衆はきっと、この福島でずっと暮らしてきた、僕の先祖や故郷の人たちの姿だったのだろうか。

一生分ぐらい「お願いします」を言い続けた。それとおなじほど、とても涙を流した気がする。まぶたを閉じて祈る。

十一月某日

フランスの写真家、ティエリー・ジラールさんとの写真と詩のコラボレーション展の準備をしている。

東京日仏学院ギャラリーで、十一月二十四日よりおよそ一カ月間、開催される。タイトルは「轟音と静寂の後」。

ジラールさんが東北の被災地をめぐり撮影したものに、私が短い詩を添える。フランス語にも翻訳されて、展示される。日本の後はフランスで開催予定。

夏の終わりのあいにく天気の悪いある日曜日に、私たちは車で浜通りへと向かった。

途中で飯舘村を通った時に、ジラールさんが「たたずまいがとても閑静としていて、人の気配が全くないのだが、ここは……」と私に質問してきたことを、悲しくも思い出す。

南相馬の浜辺へ。ジラールさんはあまり写真を撮らない。私の勝手な写真家の印象だといつも頻繁にシャッターを押している感じがあるのだが、反対だった。風景をじっと見つめて、狙ったところだけをじっくりと撮る。

「写真には一切の説明をさせない」と教えてくれた。完成された作品を眺めてみると、本当の震災の真顔を見つめようとする息づかいが伝わってきた。原町《はらまち》や相馬の海の潮鳴りが聞こえた。詩の構想を練った。

十一月某日

足湯に浸かりながら、マッサージを受ける。そこでふともらされた呟きが、私たちの胸を打つ。今、『生きている　生きてゆく　ビッグパレットふくしま避難所記』（「ビッグパレットふくしま避難所記」刊行委員会）が、たくさんの方の目に留まっている。避難所の暮らしを丹念に撮った野口勝宏《のぐちかつひろ》氏の写真と、ふっと安心した時に人々の口から漏れた、悲しみや親しさや、時には激しい怒りの言で、本書はまとめられている。

「頑張ってといわれると、／頑張ってないと思われるって感じちゃうのよね。／だから『お元気で』が好きよ」（四十代・女性）。「戦争よりも放射能の方がひどい／全てを失った。菜っ葉も椎茸もダメになった。／犬を自宅に置いてきたんだ」（六十代女性）。心の中から無意識に湧いてきた生の声がある。真っ直ぐな言葉のまなざしのようなものが、私たちに届けられていく。

最大二五〇〇人の暮らしがあった大規模避難所に、さまざまなドラマがあった。足湯やカフェから始まった交流や、自治の芽生えや心の支え合いがあった。何よりも言葉にあふれていたことが分かる。「この足湯って、話すことが大事なんだな」（五十代・男性）。この一冊に、生きるとは何かを教えられた。未曾有の時を過ごしてきた被災者の方々の姿がある。

「ビッグパレットふくしま」には、避難所内だけで聞くことができるラジオ局があった。「聞きたい曲があるの。でも、リクエストできない。泣いちゃう。津波で亡くなった息子が好きだったの。『巨人の星のテーマ』」。こう呟いたのは七十代の女性。

声高に語られる話ではなく、小さな声の中にこそ、本当のあきらめや悲しさが出てくる。

十二月某日

原発から二〇キロ圏内に、防護服を着て入った。もうひとつの皮膚をまとったような独特の感覚。

町は震災当時のままだった。

でも、鳥が飛んでいたり、鮭が川を上ってきていたり、柿が実っていたりしている。

自然は変わらず季節を描いているのに、人の姿がまったく、なかった。石を積んだ慰霊碑があったので手を合わせた。一時帰宅した人たちがお花やお線香をあげている。

こういう静寂、異常な静けさがこれから何十年も続くのだ。一見震災前に戻ったかのような都会の喧噪がある一方で、これだけの静けさを抱えた町が同じ国の中にあるのだ。

二〇キロ圏内で私が訪れたところは、今私が住んでいる場所よりも放射線値が低かった。自宅近くより放射線値が低い場所を防護服を着て、静寂の中を歩く。

古典の世界では、「異様」と書いて「ことよう」と読むが、人がなせるわざが、これだけちぐはぐな場所をつくったことに〈異様〉を感じた。

それから一週間後、宮城県南三陸町へ行った。

「1万人の第九」の公演会場である大阪城ホールと南三陸町を中継で結び、オーケストラの演奏に合わせて詩を朗読する。

町の防災対策庁舎の前で「高台へ」という詩を読んだ。ここは、防災担当の女性が最後まで「高台へ避難して下さい」と町民に向けてアナウンスをした場所である。

女性は、その後行方不明となってしまった。

本番で朗読をしながら、女性や南三陸で亡くなった人たちの存在を感じて、涙が出てきた。

大阪城ホールでは指揮をしていた佐渡裕《さどゆたか》さんも、歌を歌っている人たちも泣いていた。

この時、震災は我々の中にはっきり〝ある〟と思った。

時間の経過で「三月十一日」が薄れ、忘れていくのではなく、ただ沈んでいるだけなのだ。

朗読をしながら、三月十一日がありありと呼び覚まされる気がした。

一万人と一緒に泣けたことは、私にとって本当に大きな経験だった。

一月某日

元日。昨年は当番だったのでいち早く登って近所の愛宕山《あたご》の神社のたき火の番をした。

初めはなかなか火が点かないのだが、燃え出すと早い。それにあたりながら、新年のお客さんを待つというのが仕事である。私は、炎を携帯電話で撮影して、一年間の待ち受け画面にした。

震災を経験してから、これが心の支えの一つになった。辛いことがあったとしても、それを眺めると心に熱い何かを灯された思いになった。画像の中の火がお守りとなった。

今年は当番ではなかった。いささか寝坊してしまった。新しい年の炎の姿を撮影しようと決意していたので、焦って山へ登る。

頂上はすでに消えていた。山を少し降りた中腹ではまだ焚き火が続いていたので、それを撮って一安心。

しかしそれからずっと迷っている。変わるものもあれば、変わらないものもある。昨年の震災を忘れないためにも、これから先、ずっと同じ火の写真でいくべきなのだろうか。あるいは新しい炎でいくべきなのだろうか。

昨年と新年の、両方の火炎の画像を眺めて、まだ決まらない。そしてこのように結論する。福島人の胸の火を、何があっても絶やしてはならない。

二月某日

来月で、震災から一年になる。三月へと移る手前の独特の寒気を肌で感じながら、当時のことをあれこれと思い起こす。

昨日まで雪が降ったり止んだりを繰り返していたが、今日は朝からずっと雨が降っている。書斎で原稿とにらめっこしながら耳を澄ませてみて、震災後のある夜の静かな雨の調べと、心に去来した中原中也《なかはらちゅうや》の詩句の数々を思い出した。

三日ほど過ごして、避難所から家に戻った日の夜。放射線の数値は一八ミリシーベルトと表示された。妻と真剣にこれからの話をしたが、結論は出なかった。絶望の中で書斎に戻った。呆然と椅子に座っていると、福島の闇の静けさを滑るようにして、美しいピアノの調べが聞こえてきた。このような時にも心は傾く。耳はすぐに音の流れに委ねられていった。

点けるともなしにスイッチオンにしたラジオのあるチャンネルから、被災情報の間を縫うようにして流れてきた。これほど精神が追い詰められていたとしても、人は美しさに変わらずに時を奪われる。いや、すがりついたと言っても良いかもしれない。福島の山野の風を思うことにした。もう、二度と味わうことはできないのか。

ピアノの一つ一つの音階は取り戻すことのできない、初春の田園の空気の味わいを、繊細に私によみがえらせてくれた。これからずっと窓を閉ざしていくしかない部屋の中の夢想。だんだんと余計に辛くなり、音楽を消した。静かだ。この詩が独り言のようになって浮かんだ。

「あゝ、しづかだしづかだ。／めぐり来た、これが今年の私の春だ。」

東北の三月から四月を望む街、山間、川、田園、青空……。待ちわびた季節の温りのようなものを、中也のふとした詩句が投げかけてくれた気がした。そして放射能の夜の静けさにただ、恐怖するしかなかった。

そして、このような詩句が迫って来た。

「地平の果に蒸気が立つて、／世の亡ぶ、兆しのやうだつた。」

三月十六日。いよいよ原子力発電所からあがる煙が激しくなる。周囲の人々もみんな避難していく。家族との今生の別れは突然にやって来た。妻に息子を県外へと連れ出して欲しいと頼む。わずかしかガソリンが入っていないが、山形へ。

そして一人になった。死を覚悟した。ひどい横揺れ。次から次へと飛び込んでくる情報。ライフラインの完全停止。夜になっても福島を急いで離れていく人々は、増えていくばかりだ。わずかな水と食パン数枚。

私はこの時、本質的に一人だ。この時から書斎を独房と呼ぶことにした。

「あゝ、しづかだしづかだ」。……「放射能が降っています、静かな夜です」。

この一行から私は、震災にまつわる短い詩の断片を夥《おびただ》しく〈独房〉で書き続けることになるのだが、始まりは正しく心の中の中也が呟いたものだった。

余震と放射能。不如意にあふれてくる涙や恐れを封印せずに描き、そのまま後世に手渡すことができないものか。感情の本分を刻むには、どうすれば良いのかを真剣に考え始めた。数多くの行方不明者の影を感じたり、避難者たちの姿を認めたりしているうちに、締め切った窓の内側で私が追ったのは、中也の詩にある感情の真顔のようなものにあった。どうすればこのようにも「悲しさ」と「恐ろしさ」を、このままに伝えられるのか。言い切ることも片付けることもできない心の表情を、どうすれば良いのか。

悩むほどに中也の詩句は次々と浮かぶ。「汚れつちまつた悲しみに／今日も小雪の降りかかる」「飛んでくるあの飛行機には、／昨日私が昆蟲の涙を塗つておいた。」「あゝ、怖かつた怖かつた／――部屋の中はひつそりしてゐて／隣家は空に　舞ひ去つてゐた！　隣家は空に　舞ひ去つてゐた！」。

〈独房〉にて私は懸命に彼の呟きを追いかけていた。この時にずっと欲しかったものは中也の書く日本語そのものであった。部屋の中でずっと誰が読むでもない詩の草稿を書き続けながら、詩人の懊悩《おうのう》の言葉に必死にすがりつきたい気持ちでいっぱいであった。震災にまつわるあらゆる情報を消せば、詩だけが状況の暗闇の中にあった。逃れるようにそこに浸かりながら、日本語とは日本とは何かを考えた。

中也のみならず、高村光太郎、草野心平、宮沢賢治《みやざわけんじ》などの、大正から昭和にかけての詩人たちの詩をあれこれと開き、閉じ、また貪《むさぼ》り読んだ。この時代の詩人たちの紡《つむ》いだ言葉は、殊《こと》の外《ほか》、美しく見えた。頁の向こうに、あの夜のピアノの旋律が聞こえてくる気がした。日本語。その中に福島が、故郷が見えてくる気がした。

「上手に子供を育てゆく、／母親に似て汽車の汽笛は鳴る。／山の近くを走る時。／／山の近くを走りながら、／母親に似て汽車の汽笛は鳴る。／夏の真昼の暑い時。」

この詩句を読み返すほどに、次に訪れるだろう、暑い福島の真夏に思いを馳せた。山間にこだまする汽笛に母を、そして〈故郷〉の母性そのものを、重ね合わせて感じ入っていた中也のまなざしを映し見ることができたような気がした。

純粋に〈故郷〉の山野を、母の横顔を見つめている、中也のてらいのない筆致がある。ふと湧き出した思慕の念と、それを書きしたためた瞬間のありのままの空気を捕らえている。

汽車が山の近くにさしかかる瞬きが、汽笛が響いた時の一瞬一瞬が、言葉になって滲《にじ》み出した瞬間に、詩の宿りを彼は見ている。そうなのだ、すべては〈瞬間〉なのだ。そこに、感情のドキュメントは生まれる。

私は六年間ほど、南相馬市に住んでいた。そういう意味合いにおいてここは第二の故郷であると言える。三週間ほど経って、ようやくガソリンが手に入ってから、真っ先に出掛けたのは、なじみのある相馬の港町だった。テレビなどで東北各地を襲う黒く荒々しい波を何度も思い浮かべては、美しい浜辺の変わり果てた姿を思った。港へと近づいていくと、あたり一面は自然の脅威による破壊の跡だった。

屋根、壁、車、船、サッカーボール、机の引き出し、スプーン、布団……。あらゆる暮らしの約束事が、日常あるいは過去と切り離されて、散らばっている。これが私たちの生活のすぐ隣にある光景なのだ。相馬はどこへ行ってしまったのか。涙があふれてきた。中也の詩句は語る。「亡びたる過去のすべてに、／涙湧く。／城の塀乾きたり／風の吹く」。

相馬の海に近い避難所でボランティアをした知人が電話口で話していた。夜になって浜風が強く吹くと、波に無念に流されてしまった人たちが泣き出しているように聞こえてしまって、なかなか寝付けない……、と。

茫漠とした湾の泥地には、車や家が浮かぶ。二三日前に連絡をいただいて知ったのだが、私の友人の母が、このどこかに眠っている。友人は突然の死を知らせた後に、おし黙る私を気遣ってこのように話してくれた。「精一杯生きていく、残った者の義務として」。

中也は語る。「あはれわれ生きむと欲す／あはれわれ、亡びたる過去のすべてに／／涙湧く。／み空の方より、／風の吹く」。

亡びたる過去、か……。滲む涙と共に、これまでの自分の過去の絶対性は崩壊したことを認めなくてはならない。そして瓦礫の荒野で、それでも言葉にすがっていくしかない。中也もまた、短い生涯の中で、何度も涙と恐れの野に立ち尽くしてきたに違いない。

中也がこの詩の最後に「風の吹く」と続けているように、それでも荒れた野の空に、新しい季節の訪れを告げる風は必ず吹く。そうある限り、何かを追いかけていこうとする詩人の透徹した姿勢があることに、そのような中也の詩に、惹かれてきたことが分かった。

これが私の故里だ
さやかに風も吹いてゐる

詩人が求めて果たせなかった帰郷への念を、無念に避難せざるを得なかった浜通りの人々と分かち合いたい。必ず戻ることができることを祈りたい。風が吹く限り。

本作品は二〇一二年三月に小社から単行本で刊行された『ふたたびの春に』に前書きを加え、文庫にしたものです。

祥伝社黄金文庫

ふたたびの春《はる》に
震災《しんさい》ノート 20110311–20120311

令和3年2月20日　初版第1刷発行

著　者　和《わ》合《ごう》亮《りょう》一《いち》
発行者　辻　浩明
発行所　祥伝社《しょうでんしゃ》
〒101－8701
東京都千代田区神田神保町3－3
電話　03（3265）2084（編集部）
電話　03（3265）2081（販売部）
電話　03（3265）3622（業務部）
www.shodensha.co.jp

印刷所　萩原印刷
製本所　積信堂

Printed in Japan　© 2021, Ryoichi Wago　ISBN978-4-396-31800-0 C0136